AF298013

ÉPITRE

A TIMOLÉON AUDRY

PAR

M. LE Dr E. GÉLINEAU

J. TESSIER

IMPRIMERIE DE SURGÈRES

—

1874

ÉPITRE

A TIMOLÉON AUDRY

Contemplez du milieu de tant de douces choses,
Dieu qui se réjouit dans la saison des roses ;
Et puis le soir, au fond d'un coffre vermoulu,
Prenez ce vieux Virgile où tant de fois j'ai lu !
VICTOR HUGO.

Quand au déclin du jour le voyageur lassé,
Sent ralentir son pas sur la route poudreuse,
Il s'asseoit au sommet de la côte rocheuse,
Et voit avec bonheur le chemin dépassé ;
Puis, cherchant du regard le bas de la colline,
Dans l'ombre il aperçoit la modeste chaumine
Où la branche de houx se balançant dans l'air,
Au pauvre piéton montre un asile ouvert !
« Le jour baisse, dit-il, je marche dès l'aurore,
« Je sens à mes tourments la soif se joindre encore ;
« Mais courage, l'espoir quand on arrive au but
« Doit nous faire oublier les soucis du début !
« Là-bas, je vais trouver bon accueil et bon gîte,
« Là-bas, j'apaiserai cette soif qui m'irrite,
« Je pourrai rafraîchir mes pieds endoloris,
« Sur un lit reposer ces membres allanguis. »
Il dit et ranimé par cette douce image,
Il se redresse, il sent bien moins le poids de l'âge ;
Ces chères visions ranimant son esprit
Ont fait le soir moins lourd et moins sombre la nuit.
« Encore quelques jours, et mon pélerinage
« Sera fini, dit-il. Dans un lointain mirage
« Je cesserai de voir le foyer paternel
« Auquel, pauvre exilé, j'aspire comme au ciel !
« Oui, j'y retrouverai les tendresses absentes
« De mes sœurs, des enfants aux mains si caressantes !
« Assis près de l'aïeule aux longs cheveux d'argent,
« J'oublierai les revers, les soucis du présent,

« Et trop heureux d'avoir évité le naufrage,
« J'irai, pauvre passant fatigué par l'orage,
« Plier enfin mon aile et m'asseyant au port,
« Laisser d'autres braver les caprices du sort !

. . . .

. . . .

Ami, tu l'as compris sans que je te le nomme,
Ce voyageur lassé de sa route..., c'est l'homme ;
Ce chemin..., c'est la vie où, pressés, nous allons
Sans pouvoir dire un jour : c'est assez, arrêtons !
Pareils à ces coursiers dans la fougue de l'âge
Qui vivent librement dans un gras pâturage
Et sans avoir connu le supplice du mors
Volent, crinière au vent, en jouant, sans efforts,
Sur le sable doré, ne laissant point de traces,
Éclairs vivants sans bruit, en dévorant l'espace !....
Au sortir de l'enfance, en nos premiers printemps,
Nous aussi, nous courons, jouets de tous les vents,
Allant toujours devant, sans détourner la tête,
En narguant les soucis, en bravant la tempête,
Recherchant le danger, ne songeant qu'au plaisir,
Oublieux du passé, riant de l'avenir !
Les jours ?... ils sont sans fin !... L'heure ?... elle est éternelle ;
Papillons inconstants, nos cœurs de belle en belle
Volent sans se fixer ! Pas une ride au front
Du découragement n'imprime le sillon !
Mais plus tard les regrets se mettent du voyage,
Notre brillant soleil se voile d'un nuage ;
Avec les cheveux blancs, quelquefois même avant,
Nous ployons sous le poids du découragement !
Lassés de demander aux fleurs tous leurs arômes,
De poursuivre inquiets ces fugitifs fantômes
Qu'on appelle bonheur, gloire, fortune, amour.
Nous sentons lourdement le poids de chaque jour !
Formons-nous un projet ?.... tout le sape et le ruine !
Goûtons-nous un bonheur ?.... un ver rongeur le mine.
Plus nous tombons de haut, plus nous sommes meurtris.
Et plus le désespoir assombrit nos esprits !
Comme ce voyageur dont j'évoquais l'image,
Nous désirons la fin de ce pèlerinage ;

Mais avant nous rêvons une dernière fois,
Et l'Espoir aussitôt, docile à notre voix,
Pour consoler nos cœurs, pour essuyer nos larmes
Fait passer sous nos yeux un tableau plein de charmes!

. . . .

Sur un riant coteau de verdure garni
Où le ramier chanteur aime à cacher son nid,
A mi-côte, on désire avec son toit de briques,
Une demeure blanche aux guirlandes rustiques;
Ce n'est point un manoir dont le front orgueilleux
S'élevant droit et fier court menacer les cieux.
Le luxe?.... la splendeur?.... notre cœur les abhorre!
C'est d'un calme absolu que la soif le dévore.
Nous rêvons un séjour souriant aux passants,
Et qui semble, pour eux, s'ouvrir à deux battants!
Les fleurs de tous côtés aux arbres s'y marient,
Clématites et lierre aux tulipiers s'y lient
Et forment sous leur dôme un asile discret
Dont seul le rossignol vient troubler le secret!
Non loin de là, coulant avec un doux murmure,
Serpente lentement une onde fraîche et pure!....
Elle quitte à regret la rive où, nénuphars,
Prêle, fougère, iris croissent de toutes parts!
Enfin, sous les arceaux d'une épaisse verdure,
Des vides ménagés par l'homme et la nature
Laissent se dessiner aux horizons lointains
Les grands peupliers verts sur le noir des sapins!
C'est dans cette oasis qu'ennuyés de la terre,
Calmes, nous voudrions finir notre carrière;
Avant de s'envoler pour remonter aux cieux,
Notre âme veut enfin se dégager des feux
Qui la brûlaient jadis et pouvoir, rajeunie,
Se baigner dans les eaux d'une nouvelle vie!
Ah! cette maison blanche, aux gais contrevents verts,
Qui s'ouvre largement au soleil des hivers
Et se cache l'été sous l'ombre des vieux arbres,
Elle nous séduit plus que les palais de marbres!
Quand de nos jours si courts a passé la moitié
On y rêve la paix d'une douce amitié;
Et de même qu'on voit le ramier infidèle,
Blessé par le chasseur, dans un dernier coup d'aile,

Rassembler ses efforts pour venir attristé,
Mourir au colombier qu'hélas, il a quitté....
De même nous voulons finir là notre vie.
Nous occupant d'histoire et de philosophie,
En maudissant le temps d'une inutile ardeur,
Convaincus que le bruit ne fait pas le bonheur!
Que la mort vienne après clore notre paupière,
Obéissant sans peur à la camarde altière.
Au lieu du mot « enfin!... » nous répondrons « déjà »
A son suprême appel, nous dirons : « nous voilà! »
Nous lui pardonnerons, nous lui sourirons même.
Rois d'un jour nous aurons ceint notre diadème;
Le bonheur sans remords, ah! nous l'aurons perçu,
Et notre dernier mot sera « Si j'avais su!!! »

. . . .
. . . .

Eh bien, cette oasis, cette riante plage
Dont beaucoup n'auront vu que le trompeur mirage,
Que bien peu d'entre nous trouveront sur leur soir,
Cet Eden qui, souvent dans un grand désespoir,
Releva nos esprits comme d'heureuses larmes,
Soulagent notre cœur dans nos moments d'alarmes;
Ce doux repos des champs...., cette agreste maison,
Ce ruisseau murmurant...., ce bleuâtre horizon,
Cette ombre des grands bois...., ces biens, la Providence
T'en a gratifié le jour de ta naissance!
L'amour de tes parents et leur zèle anxieux
T'ont donné ces loisirs, remercies-en les Cieux!
Si peu de nous ont eu leur route plane, unie,
Il faut tant de combats pour la rendre fleurie,
Qu'ami, tu ne saurais te dire trop souvent :
Que de peines il faut pour en gagner autant!
Chéris-les donc toujours, ces lieux qui t'ont vu naître,
La clef de ton bonheur y réside peut-être?
Tes souvenirs d'hier avec ceux de demain
Embelliront ta vie en s'y donnant la main!

. . . .

Parfois n'y vois-tu pas l'ombre de ton vieux père,
Fugitive, glisser sans bruit...., avec mystère,
Dans ces massifs parés des fleurs qu'il aimait tant,
Ou bien sous le berceau, loin du soleil ardent,

Créer, avec la foi qui lève les montagnes,
Un nouvel âge d'or régnant dans nos campagnes,
Une ligue embrassant le monde tout entier
Dans une République où chacun doit s'aimer?
Fantôme caressant un bien plus grand fantôme
Mais digne de respect!... Qui ne recherche un baume
Pour guérir la misère avec la charité?
Puis..... rêver est si doux pour notre humanité!

. . . .

D'autres fois, quand du soir les rumeurs sont éteintes,
Quand ta figure, ami, penche sur tes mains jointes,
Ne sens-tu pas, ému, des lèvres sur ton front
S'appuyer comme au temps où, petit enfant blond,
Tu répétais joyeux ce mot si doux : ma mère,
Qu'hélas, ni toi, ni moi, ne dirons plus sur terre?
Ah! si des cieux lointains, ceux que nous chérissions
Descendent parmi nous, charmantes visions,
Heureux de retrouver, après l'avoir quittée,
Cette part de leur cœur qu'ils n'ont point emportée;
Ami, tu dois souvent dans le chant des ruisseaux,
Dans le vent qui gémit à travers les roseaux,
Dans le parfum des fleurs ou dans les vapeurs grises
Qui s'élèvent des eaux en formes indécises,
Dans les lueurs, courant la nuit dans le bosquet,
Revoir ces deux vieillards que ton cœur chérissait!

. . . .

Mais souvent bannissant toute mélancolie,
Virson est pris d'assaut par l'aimable folie;
Accourus à ta voix, quelques joyeux amis
Parcourent tes jardins, animent ton logis!
Cheveux blonds, cheveux noirs frolent les barbes grises,
Tous parlent à la fois... Ainsi dans nos églises
Le fausset de l'enfant et la basse d'airain,
Sans se mêler pourtant, résonnent au lutrin....
Et chacun d'être heureux, on cause...., on rit....; du reste,
Complète liberté dans ta demeure agreste!
L'un pour philosopher cherche un secret réduit;
Un refrain favori par un autre est redit;
Un troisième, à l'anguille, a déclaré la guerre
Et l'apporte en triomphe à la chef cuisinière;

Un autre, en ton bassin, voit nager les cyprins
Passant comme un rayon d'or dans les joncs marins !
X... dans ton piston mugit et s'époumonne
Et sous l'archet de C... ton violon résonne !
Enfin dans un salon, formant un aparté,
Deux autres, gravement, suivent un écarté,
Et pendant tout ce temps, nez au vent, œil en garde,
Tu vas, viens, surveillant la cave et la mansarde,
Animant de ton feu la fidèle Rambaud,
La Porcher dont les os veulent percer la peau,
Et la pauvre Bouyer dont la bonne figure
Nous revient un peu mieux que la désinvolture !
Partageant ton ardeur, ce triple cotillon
S'agite et semble avoir des ailes aux talons !
Un autre jour que ma muse moins sérieuse
S'égaîra, je dirai sur ma lyre moqueuse
Les solides vertus, les titres éclatants
De ce trio rangé parmi les vétérans,
Bataillon si sacré par ses antiques charmes
Que devant lui l'amour ferait tomber ses armes.

. . . .

Ah ! si jamais l'envie, ô cher Timoléon,
Soupçonnait ta vertu, montre cet escadron
Bien fait pour émousser l'ardeur la plus épique,
Il désarçonnera la plus noire critique !
Pas besoin pour cela de mettre *in nudibus*
Tous leurs charmes secrets... Non, non, le temps n'est plus
Où, reine de beauté dans Athènes l'antique
Laïs au tribunal en otant sa tunique
Gagna sa cause.... Ici, de fort maigres attraits
Glaceraient, j'en suis sûr, jusqu'aux juges de paix !

. . . .
. . . .

Tu viens de t'assurer que tout est sur la table !
Les réchauds sont brûlants.... en nombre respectable
Tu mets aux quatre coins le pétillant Varin
Et le vin de Virson que tu soignes si bien,
Qu'il égale les crus de la côte féconde
Qu'arrosent chaque jour les flots de la Gironde !
Mais de causer à table on est impatient
Et chacun dit « Enfin » aux mots de ralliement.

On se place aussitôt!... Dieu! quels éclats de rire,
Quelle franche gaité ton bon accueil inspire,
Et pourvu qu'on bannisse en ces joyeux ébats
La politique et Dieu, les rois, les avocats,
On se lève surpris, alors que minuit sonne,
Que Momus et Bacchus n'aient endormi personne!

. . . .
. . . .

Oui, ce riant tableau qu'il m'est doux d'esquisser,
Doit chasser les soucis qui peuvent t'affliger!
Comment ce mot... soucis... est-il né sous ma plume?
A toi... de vrais soucis?... Je me trompe... une brume
A passé sur mes yeux sans doute en l'écrivant!
Mais non... J'ai mis soucis et tout exprès vraiment.
Pourquoi donc, en effet, seul, le célibataire
N'aurait-il pas sa part de l'humaine misère?
Le soleil n'a-t-il pas des taches sur ses feux,
Et la nuit chasse bien la lumière des cieux!
Si tu n'étais jamais pris de pensers moroses,
Tu serais presqu'un dieu!... Cherchons-les si tu l'oses!

. . . .
. . . .

Quand la bise glacée agitant les rameaux,
Fait tomber leur feuillage; et quand, sur les carreaux
Bondit avec fracas, de mars la giboulée,
A ton foyer désert quand flambe la feuillée ...
Quand le muguet suave embaume les guérets,
Quand la glycine en fleurs de ses thyrses épais
Comme un papillon bleu vole de branche en branche,
Quand au bord des fossés serpente la pervenche,
Ne sens-tu donc jamais, dans ton âme, monter
Je ne sais quoi de triste, invitant à rêver,
Un regret, un désir, une mélancolie
Qui fait trouver tout bas la fleur bien moins jolie,
Le ciel moins radieux, le feu moins éclatant,
Un rien qui fait chercher dans le vide un absent?
Tu crois entendre un bruit léger sous la charmille,
C'est le bruit d'un baiser!... tu frémis... ton œil brille!
Et le chuchottement léger, mystérieux
Qui précède ou qui suit, rend humides tes yeux.
Par un juste retour des choses de la terre,
C'est là le châtiment de tout célibataire!

Ah ! vous voulez, Messieurs, en vivant en reclus
Avoir aussi les clefs de nos cieux défendus ?
Vous voulez admirer nos femmes et nos filles,
Leur faire compliment, les conduire aux quadrilles
Et même un peu plus loin ?... Le quadrille prend fin,
Aussitôt père, époux, court reprendre son bien !
De cette vision riante et parfumée,
Nous,... nous avons le corps... Vous, Messieurs, la fumée !
Il est vrai que, rentrés dans vos chambres sans feu
(Si vous n'en allumez), vous avez très beau jeu
À former des projets, caresser des chimères,
Prêter une ombre à des conquêtes mensongères,
Vivre d'illusions, vous couronner de fleurs
Et votre esprit aidant, être de beaux vainqueurs !
Mais à quelque hauteur que cet esprit s'élève,
Il vient toujours une heure où croule votre rêve,
Et quel chagrin alors d'être seul au logis
Qui, tout-à-l'heure, à deux était un paradis ?
Quel tourment de penser que ce papillon rose
Que vous chassiez, un autre en jouit, en dispose ?
Oui ! des lèvres, pour vous, la coupe est loin parfois !
Et si vous pouviez voir le sourire narquois
Des heureux possesseurs d'une beauté fidèle,
Tous vos songes dorés fuiraient à tire-d'aile !
Mais... je n'insiste pas... tu pourrais m'accuser,
Dans notre régiment, de vouloir t'enroler !
Certes, nous serions fiers d'une telle recrue ;
Mais n'anticipons point... l'heure n'est pas venue,
Trop de rêves encore assiégent tes esprits
Et dans ton choix d'ailleurs tu flottes indécis.

 . . . .

 . . . .

Tantôt à tes pensers, rieuse, se présente,
D'une brune aux yeux noirs, l'image séduisante,
Ses sourcils déliés, ses longs cheveux ondés
De ses traits espagnols, rehaussent les beautés !
D'une grenade en fleurs, ses lèvres purpurines
Ont le vif incarnat !... De ses dents, perles fines,
On serait trop heureux de voir tomber ce mot :
« Je t'aime. » On l'entendrait... même dit pas trop haut !....

 . . . .

Tantòt, en sentant moins bouillonner dans tes veines
Des effluves de mai, les brûlantes haleines,
Tu te dis qu'une blonde aux yeux bien langoureux,
Pour nous fasciner moins, ne nous charme que mieux,
Que son teint transparent est frais comme l'opale,
Que sa beauté rêveuse est bien plus idéale !....
Qu'avec une compagne aux cheveux d'un blond clair,
Le ciel toujours serein ne connaît pas d'éclair !
Tu te fais un doux nid et sans tourment dans l'âme,
Près d'elle, de tes jours, tu vois filer la trame.
Puis en réfléchissant à nouveau, tu te dis,
Que blonde était aussi l'Ève du Paradis,
Et qu'en lisant, enfant, l'histoire de cet âge,
Tu n'as point vu qu'Adam ait fait mauvais ménage :
(Le moyen?... Il était et seul homme et seul roi !...
Et pourtant, le serpent?...) Mais, revenons à toi !

. . . .

. . . .

Un autre soupçon vient traverser ma pensée ;
Peut-être gardes-tu dans ton âme blessée
Un secret souvenir, un tendre sentiment
Qui, jadis, t'envahit quand tu n'étais qu'enfant !
Peut-être est-ce une morte ou son ombre légère
Qui te rend insensible aux beaux yeux de la terre ?
Fantômes fugitifs des premières amours,
On a beau vous chasser, vous nous hantez toujours,
Nous gardons de vos traits l'empreinte ineffaçable
Comme ces coins d'airain recouverts par le sable
Qui dominent le sol, quand l'ouragan passé,
On recherche inquiet, l'ancien chemin tracé !
Tu ne peux oublier ces rêves de jeunesse
Dont le prisme éclatant dore notre vieillesse ;
Tu veux ressusciter des jours qui ne sont plus,
Voir renaître un à un des bonheurs disparus,
Effeuiller à nouveau ces roses que l'automne
Nous refuse étant vieux et que le printemps donne
A pleines mains, hélas ! Peut-être en es-tu là !
Et le secret de ton long sommeil... le voilà !...

. . . .

. . . .

Fais-tu bien?... Fais-tu mal? l'affection passée
Par un nouvel amour, peut elle être effacée?
Puis, le cœur dégagé si tu te mariais,
Est-ce bien le bonheur que tu rencontrerais?
Je ne sais... mais ton cœur a des pudeurs de femme,
Tu sens bien vivement.... or, avec bien plus d'âme,
Tu sentirais le mal, et, pour un homme épris,
Quel supplice incessant de se voir incompris!
Enfin... en admettant ce que vaut ton mérite,
Que tu trouves sans peine une femme d'élite
Digne sous tous les points d'unir son sort au tien
Et qui soit à la fois une amante, un soutien,
Qui pourrait t'assurer que dans cette balance
Où, par les mauvais jours le bonheur se compense,
Le poids de ce dernier ne sera pas plus lourd!
Où donc est le plaisir qui dure tout un jour?
Notre félicité s'envole comme un songe
Tandis que du chagrin la main d'acier nous ronge!
Aussi dans les hymens, même les mieux unis,
Existe-t-il souvent des revers infinis!...
Certes, l'on peut s'aimer et traverser la vie,
Tenant fidèlement le serment qui vous lie;
L'un sur l'autre appuyés, on descend le vallon...
Rien n'annonce un orage, et pourtant d'un seul bond
Le malheur vous atteint!... Tantôt cette compagne
Qui, depuis le matin gaîment vous accompagne,
S'étiole, languit et penche vers sa fin
Quand tout lui promettait le plus heureux destin!
Tantôt c'est votre enfant, une fillette blonde
Pour qui vous donneriez tous les trésors du monde,
Un ange bien-aimé que réclament les cieux
Et qui, d'un long regard, vous épie anxieux,
De ce regard profond que la terreur éclaire,
Qui reflète le ciel et n'est plus de la terre,
De ces yeux mi-voilés, tristes, phosphorescents,
Qui font penser au ciel et prier les vivants!
On songe en la voyant aux roses mousseline;
Comme elles, froide et pâle, elle penche et s'incline!
Pour pouvoir la sauver on donnerait son sang
'Hélas, et tout vous dit que l'art est impuissant!
Votre enfant!... de ses jours va s'éteindre la flamme;
Elle emporte en partant la moitié de votre âme!

La douleur vous déchire! eh bien non, non, il faut
Sous un sourire feint, étouffer un sanglot!
La mère est là qui pleure! Homme, feins donc la joie,
Souris donc... quand la mort est là guettant sa proie!
Ah! nous, qui de si près, veillons sur les berceaux,
Nous, que chaque jour rend témoins de tant de maux,
Nous ne savons que trop que de larmes amères
Font payer chèrement le bonheur d'être mères,
Aussi, suis-je tenté de dire en finissant
Ce proverbe rempli d'égoïsme méchant :
« Plus l'amour, l'amitié nous imposent de chaînes,
« Et plus dans l'avenir nous attendent de peines. »
« Vivre, c'est bien aimer, » soupire l'amoureux;
« Bien aimer, c'est vouloir, d'un bond, monter aux cieux, »
Répond l'homme blasé, le vieux célibataire!
« Qui prend femme aussitôt doit s'attendre à la guerre!
Vive la liberté!... N'avoir rien à baiser,
Vivre sans femme, sans bébé rose à presser,
Répliquera l'époux, c'est vouloir d'une grève
Faire un lieu de plaisir... nulle graine n'y lève,
Tout y meurt!... Le vent peut en changer le niveau,
Mais au fond c'est toujours un désert, un tombeau! »
Qui des deux a raison?.... Tente l'expérience,
Le succès bien souvent couronne la vaillance;
Mais choisis bien!.... Il vaut, mille fois mieux, ami,
Souffrir seul, qu'être à deux satisfaits à demi!

10 juillet 1874.

FRANÇAIS.... SOUVENEZ-VOUS !...

Quoi! toujours des scrutins, des discours et des haines?
Dans les eaux du Léthé vous abreuvez-vous donc,
Français, et quand en Prusse on vous forge des chaînes,
Pas un frisson ne vient troubler votre abandon?
Un rayon de soleil a fait sécher vos larmes;
Mais c'est de ce soleil qu'il sont là-bas jaloux!
Ah! trêve à vos partis et ne songez qu'aux armes,
Car l'avenir sanglant se dresse devant vous!

Eh quoi?... discute-t-on quand la flamme dévore
La campagne opulente où jaunit la moisson?
Dort-on un seul instant, discute-t-on encore
Quand le flot destructeur envahit la maison?
Parler... quand un brigand vous saisit à la gorge,
Quand on voit dans la nuit briller les dents des loups!....
Mais ce feu...., mais ces loups...., ce fer qui vous égorge,
Ce flot montant... ce sont les Prussiens!... garde à vous!

Notre Pays, des morts, garde la souvenance,
Et quand au bout de l'an revient le jour du deuil,
A la tombe on accourt le cœur gros de souffrance
Pour mieux pleurer ces morts qu'oppresse le cercueil!
Eh bien?... à votre corps palpitant sous l'outrage,
On a pris deux lambeaux, les plus Français de tous!
L'Alsace et la Lorraine en frémissent de rage!
Ce sont vos morts .. ceux-là!... Français... les pleurez-vous?

Souvenez-vous d'hier, de nos ruines fumantes,
Du vol et du pillage organisés d'en haut!
Du cri « *point de quartier* » que des voix menaçantes
Clamaient à nos blessés ainsi qu'à Waterloo!
Rappelez-vous Bazeille où, prêtre, enfants et femmes,
Habitants sont tombés, fusillés à genoux,
Pour avoir, pauvres fous, de leurs maisons en flammes,
Défendu le foyer!... O Français... dormez-vous?

Paysan dont le bras, en déchirant la terre,
Assure le bien-être et qui vis calme aux champs;
Ouvrier inventif qui, dans un temps prospère,
Rêve l'indépendance et l'or pour tes enfants;
Commerçant, dont l'ardeur secondant le génie
Sait détourner pour toi du Pactole le cours,
Espérez-vous jouir?... Erreur!... Fortune et vie,
Ils vous raviront tout!... Le voudrez-vous toujours?

Tous les siècles ont vu des peuplades lointaines,
Les hordes envahir les plages du midi
Et fuir de l'aquilon les sauvages haleines,
Pour fouler les coteaux où la vigne fleurit!

Voulez-vous donc céder votre place aux Vandales,
Les laisser désormais rois et maîtres chez vous?
Le Rhône verra-t-il leurs puissantes cavales,
Sous leur large poitrail diviser ses flots roux.

Ils sont là, toujours prêts, épiant avec joie
Votre frontière ouverte et vos remparts détruits,
Et vos jeunes soldats!... Ainsi, l'oiseau de proie
De l'aire guette au loin l'innocente perdrix!
Pour mieux vous terrasser, ils ont, à la curée,
Dès longtemps invité tous vos voisins jaloux!
Déjà de votre sang la meute est altérée,
L'hallali va sonner!... Français, l'entendez-vous?

Oh! je n'ignore pas que le plus grand empire
A ses jours limités comme ceux des mortels!
Où sont et Babylone et Ninive et Palmyre,
Ces peuples qui semblaient devoir être éternels?
Tout ce qui vit ici doit tomber en poussière,
Les chênes ne sauraient rester toujours debouts!
Mais un fils voudrait rendre immortelle sa mère,
Et mon cœur saigne à voir ma patrie à genoux!

Écoutez, écoutez cette voix de la France
Qui vous supplie et dit : « Je ne veux pas rougir!
« Vivre par charité, peuple errant... sans défense,
« Et dans la nuit des temps bientôt m'ensevelir! »
Invoquez du canon la voix mâle et guerrière,
Laissez-là ces rhéteurs qui nous ont perdus tous!
Plus de mots... mais du fer!... Il s'agit d'une mère,
D'une mère expirante!... Ingrats, hésitez-vous?

Que ne puis-je, aujourd'hui comme autrefois Tyrtée,
Réveiller dans les cœurs de belliqueux instincts,
De l'abnégation ressusciter l'idée,
Faire éclater chez tous des sentiments éteints?
Pour retarder longtemps... toujours l'heure fatale
Où la Gaule mourra sans haleine et sans pouls,
Où son cœur s'éteindra brisé sous la sandale
Du Germain aux poils roux, Français, préparez-vous!

Ah ! craignez que plus tard l'impartiale histoire
Ne dise un jour de vous : « Ils avaient tout pour eux,
« La richesse, le sol, la fortune et la gloire
« Q'avaient mise à leurs fronts douze siècles d'aïeux !
« Eh bien ! tant de trésors... ô douleurs... ô misères...
« Par leurs dissensions, ils les ont perdus tous !... »
Si vous voulez qu'un jour, sans maudire leurs pères,
Soient libres vos enfants, Français, unissez-vous !

2 juillet 1874.

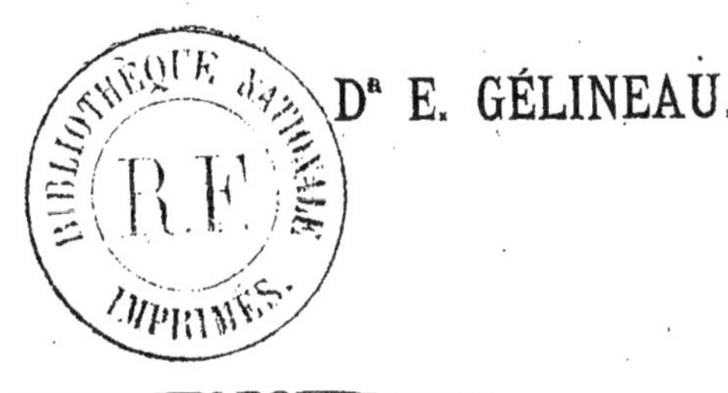

Dr E. GÉLINEAU.

IMPRIMERIE DE SURGÈRES. — J. TESSIER.

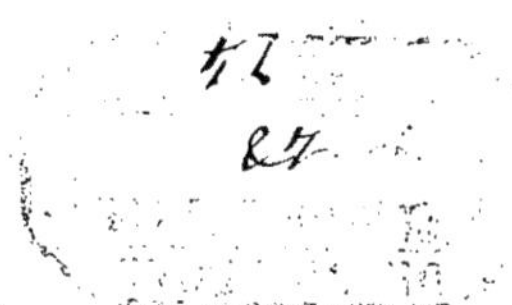

www.ingramcontent.com/pod-product-compliance
Ingram Content Group UK Ltd.
Pitfield, Milton Keynes, MK11 3LW, UK
UKHW022257070726
13613UKWH00005B/2343